Juan Bobo
Busca Trabajo

un cuento tradicional
puertorriqueño

CONTADO POR
**MARISA
MONTES**

ILUSTRADO POR
**JOE
CEPEDA**

rayo

Una rama de HarperCollinsPublishers

Para mis padres, Rubén y María Montes, que me enseñaron a estar
orgullosa de mi familia y de mi herencia cultural.
Y para mi esposo, David Plotkin, por su constante
apoyo e interminable fe en mí.
—M.M.

Para Dan, Sylvia, Elliott, Samantha y Sara.
—J.C.

RECONOCIMIENTO

Muchas gracias a mi tía, Ida Santiago, encantadora y querida maestra de escuela elemental
en Puerto Rico, que investiga incansablemente y me envía valiosas referencias del folclore
puertorriqueño. También gracias a mi tía Carmen Montes Cumming por revisar mi trabajo, y sobre
todo, por su interés constante en mi escritura. Agradezco también a su colega, Teresa Juni. —M.M.

Rayo es una rama de HarperCollins Publishers.

Juan Bobo busca trabajo
Texto © 2006 por Marisa Montes
Ilustraciones © 2000 por Joe Cepeda

Library of Congress número de ficha catalogada: 2006924404
ISBN-10: 0-06-113681-6 — ISBN-13: 978-0-06-113681-8
15 16 17 18 SCP 20 19 18 17 16 15 14 13

❖
La edición original en inglés de este libro fue publicada por HarperCollins Publishers en el año 2000.

En las montañas de Puerto Rico vivía un jibarito muy bobo. Era tan bobo que se confundía a menudo. A veces hacía las cosas al revés. Otras veces entendía las cosas mal. Por eso, todos lo llamaban Juan Bobo.

Pero Juan Bobo se esforzaba por hacer las cosas bien.

Un día, su mamá le dijo que fuera a buscar trabajo.
Juan Bobo le contestó:
—Está bien, mamá. ¿Dónde lo busco?
—Pídele trabajo al agricultor —dijo doña Juana—.
Cuando te pague, trae el dinero en la mano. No lo pongas
en el bolsillo.
Juan Bobo corrió a la finca del vecino.

—Buenos días, don Pepe —dijo Juan Bobo—. ¿Me puede dar trabajo?

—¿Buscas trabajo? —Don Pepe miró a Juan Bobo de arriba abajo y gruñó—. Eres pequeñito. ¿Qué sabes hacer?

—Cualquier cosa, señor. Sé trabajar muy bien.

Don Pepe le dio una canasta llena de habichuelas a Juan Bobo.

—Desgrana estas habichuelas. Echa las habichuelas en la carretilla. Amontona las cáscaras en el suelo —le dijo.

Juan Bobo cantaba mientras trabajaba. Ponía las cáscaras en la carretilla y amontonaba las habichuelas en el suelo.

Cuando acabó, dijo: —Don Pepe, acabé mi trabajo.

El agricultor vio las cáscaras en la carretilla y dijo:
—¡Qué bobo! ¿Qué has hecho con las habichuelas?

La sonrisa de Juan Bobo se esfumó. —Pensé que usted quería las cáscaras en la carretilla y las habichuelas en el suelo.

Don Pepe suspiró. —Está bien, Juan Bobo. Has trabajado mucho—. Le dio unas monedas al muchacho y añadió: —Llévale este dinero a tu mamá.

Juan Bobo sonrió. —Muchas gracias, señor.

Camino a su casa, Juan Bobo trató de recordar la
advertencia de su mamá. —¿Qué me dijo? ¿Qué me dijo?

Por fin, Juan Bobo lo recordó. Se echó las monedas al
bolsillo y corrió a su casa.

—¡Mamá! Toma la paga por mi trabajo.

Juan Bobo buscó en el bolsillo. Lo único que encontró
fue un gran hoyo.

—Pero Juan Bobo —dijo doña Juana—, te dije que
trajeras el dinero en la mano. Tus bolsillos están rotos.

Juan Bobo bajó la cabeza.

—Está bien —dijo ella con un suspiro—. Toma este
saco. Mañana volverás a la finca a buscar trabajo.
Cuando don Pepe te pague, pon la paga en el saco.

—Sí, mamá, así lo haré.

A la mañana siguiente, Juan Bobo salió tempranito.
Don Pepe lo puso a ordeñar una de sus vacas.

—Primero amarra la vaca —dijo don Pepe—. Luego
ordéñala y guarda la leche. Cuando acabes, lleva la vaca
al cercado.

Juan Bobo prestó mucha atención e hizo exactamente lo que le dijo don Pepe.

Primero, amarró las patas delanteras de la vaca. Después, le amarró las patas de atrás. Luego, ordeñó la vaca y guardó la leche.

Ahora tenía que llevar la vaca al cercado.

Juan Bobo haló la vaca. Tiró la soga con fuerza.

Después, le dio otro tirón.

Pero la vaca no se movía.

Juan Bobo trató de empujar la vaca.

Pero la vaca seguía sin moverse.

—¿Qué pasa, vaca boba? ¿Te convertiste en piedra?

Don Pepe vio lo que estaba pasando y gritó: —¡Juan Bobo, la vaca tiene las patas amarradas! ¡No puede caminar así!

Juan Bobo se rió. —¡Y yo pensé que se había convertido en piedra!

Don Pepe le quitó las sogas a la vaca y la llevó al cercado.

Entonces le dio una jarra de leche fresca a Juan Bobo. —Toma, Juan Bobo. Lleva esta leche a tu mamá como pago por tu trabajo.

—Gracias, don Pepe.

Juan Bobo echó la leche
en el saco y se echó el saco
al hombro.

Salió rumbo a su casa.
La leche goteaba del saco y
le corría por la espalda.
Cuando llegó a su casa,
Juan Bobo estaba ensopado
en leche.

—¡Llueve leche, mamá! ¡Llueve leche!

La mamá de Juan Bobo dio un grito. —¡Ay, Juan Bobo! Pusiste la leche en el saco y se derramó. La próxima vez, trae la jarra de leche en la cabeza.

—Así lo haré, mamá —dijo Juan Bobo—. Así lo haré.

—¡Llueve leche!

Al día siguiente, la mamá de Juan Bobo le dijo que le
pidiera trabajo al comerciante.

—Y Juan Bobo, trata de no perder la paga —le advirtió.

Cuando llegó a la tienda, Juan Bobo le pidió trabajo al
señor Domingo.

—¿Puedes barrer? —le preguntó el comerciante.

—Sí, señor. Barro muy bien.

El señor Domingo le dio una escoba a Juan Bobo.
Cuando Juan Bobo acabó de barrer, la tienda quedó
reluciente.

El comerciante estaba muy contento. —Un trabajo bien hecho merece una gran recompensa. Llévale este queso a tu mamá como pago por un trabajo excelente —dijo.

—Muchas gracias, señor.

Alegremente, Juan Bobo tomó el gran pedazo de queso.

De regreso a su casa, recordó lo que su mamá le dijo sobre la jarra de leche. Juan Bobo se quitó la pava.

Se puso el queso en la cabeza.

Pero el sol de mediodía estaba muy caliente. Al poco tiempo, el queso empezó a derretirse. Le goteaba por la cara.

—¡Mamá! ¡Mamá! —gritó cuando llegó a su casa—.
¡Llueve queso! ¡Llueve queso!

Doña Juana se puso las manos en la cabeza. —¡Ay,
Juan! ¿Qué voy a hacer contigo?

Juan Bobo bajó la cabeza. —Lo siento, mamá. . .

   A la semana siguiente, doña Juana le dijo a Juan Bobo
que volviera al comerciante. —Esta vez, llévate un
cordón. Amarra lo que te dé el comerciante.

   El señor Domingo estaba muy contento con el primer
trabajo que había hecho Juan Bobo. Por eso, le pidió que
barriera la tienda otra vez. Cuando Juan Bobo acabó, el
piso brillaba.

   El comerciante le dio unas palmaditas en la espalda y
dijo: —Muy buen trabajo, Juan Bobo. Hoy te pagaré con
el jamón más grande que tengo. Te lo mereces.

El niño tomó el pesado jamón en los brazos y se marchó a su casa. Pronto, los brazos se le cansaron. Recordó lo que su mamá le había dicho.

—Tengo que amarrarlo con el cordón —dijo. Juan Bobo amarró el jamón con el cordón y lo arrastró.

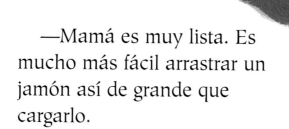

—Mamá es muy lista. Es mucho más fácil arrastrar un jamón así de grande que cargarlo.

Juan Bobo pasó frente a la casa de un hombre muy rico. En el balcón, una niña muy bonita estaba sentada en un sillón.

Todos en el barrio sabían su triste historia. La niña estaba muy enferma. Muchos médicos la habían examinado. Todos estaban de acuerdo en que, si la niña no se reía pronto, moriría.

Cuando Juan Bobo pasó por su casa, la niña lo miró.
Él brincó hacia ella, arrastrando el gran jamón. Todos los
perros y gatos del vecindario estaban comiendo pedazos
del jamón.

La niña se rió, y se rió, y se rió.

El hombre rico oyó la risa de su hija y corrió al balcón.
Vio lo que la estaba haciendo reír y llamó a Juan Bobo.

—¡Ven acá, muchacho! Has salvado la vida de mi hija.

—Lo siento, señor —dijo Juan Bobo—. Tengo que
darme prisa para llegar a casa. Mi mamá me espera.

Juan Bobo llegó a su casa dirigiendo un desfile de gatos
y perros. Pero el jamón había desaparecido.

Esa noche, Juan Bobo y doña Juana no tuvieron un banquete de jamón. Sólo comieron una pequeña cena de arroz y habichuelas.

Pero el hombre rico nunca olvidó lo que Juan Bobo había hecho por su hija. A partir de la semana siguiente, él se aseguró de que todos los domingos, Juan Bobo y su mamá tuvieran un jamón grande, tierno y sabroso en su mesa.

Nota de la autora

Durante muchas generaciones, los niños de Puerto Rico se han entretenido con las aventuras del indomable Juan Bobo, el héroe más popular del folclore puertorriqueño. "Juan Bobo" es la versión puertorriqueña del tonto del pueblo. El personaje fue inventado por la población campesina de Puerto Rico, los jíbaros, y representa una mezcla de cultura española, africana y taína. Hay muchas historias sobre Juan Bobo; las más clásicas retratan el Puerto Rico rural de principios del siglo veinte.

Muchas de las historias populares de Puerto Rico se parecen a las historias populares de Europa y de África debido a que el folclore puertorriqueño tiene sus raíces en las culturas europeas y africanas. El cuento del niño bobo que acarrea un queso sobre la cabeza y va arrastrando un jamón tirando de un cordón aparece en el folclore de otras culturas. En el mismo Puerto Rico hay distintas versiones de esta historia. Hay también varias versiones del cuento en el que Juan Bobo va a trabajar. Un rasgo común de todas las versiones es que Juan Bobo nunca consigue hacer nada correctamente.

He interpretado la versión popular española del cuento, contándolo a mi manera y haciendo algunos pequeños cambios. Así es como el folclore ha evolucionado a través de los siglos: unos cuentistas añaden un poquito; otros cuentistas embellecen un poco la historia, y otros, como yo, cambian su fin.